Textos: Lorena Marín
Ilustraciones: Marifé González
Revisión: Ana Doblado

© SUSAETA EDICIONES, S.A.
C/ Campezo, 13 - 28022 Madrid
Tel.: 91 3009100 - Fax: 91 3009118
www.susaeta.com
D.L.: M-91009-MMXII

Animales
Médicos

Lorena Marín
Marifé González

susaeta

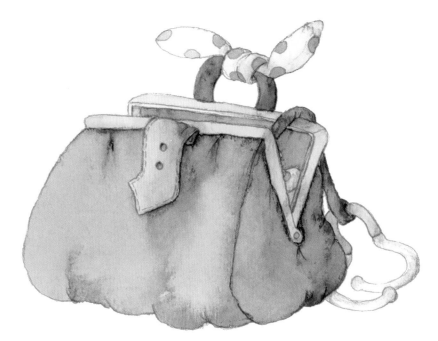

ra el cumpleaños de Doctoroso, pero como tenía mucho trabajo en la consulta y en las visitas médicas a domicilio, no iba a poder celebrarlo con sus amigos.

—¿Me va a doler? —le preguntó preocupado el pequeño osito Pancho mientras la enfermera Popy preparaba la vacuna.

—¡Claro que no! —le tranquilizó Doctoroso—. *¿Recuerdas el verano pasado cuando te picó el abejorro chiflado?*

—Sí, dolía mucho.

—*Pero ¡te saqué el aguijón y te portaste como un campeón!*

 Doctoroso le gustaba jugar con las rimas para divertir a los pacientes.

Pancho suspiró y, como un osito valiente, dejó que el médico le vacunara.

—Popy, dale a nuestro osito una galletita crujiente para despedirle.

Rosa, la oveja engreída, también tenía cita en la consulta:

—Creo que para estar más guapa necesito unas gafas. Aunque soy joven, mi visión ha disminuido un poquitín y me cuesta leer.

—*¿Ve usted ese cartel?, pues diga lo que pone en él* —le dijo el médico tapándole un ojo con un parche.

—¡BEEE!

—*Ocurre que no le falla la visión, ¡es falta de educación! A la escuela debe volver, para con los niños el abecedario aprender.*

—¡Que pase el siguiente! —llamó la enfermera.

n la sala de espera, varios padres y sus hijitos aguardaban su turno. ¡Una epidemia de anginas había dejado medio colegio sin alumnos!

La gallina se levantó para pasar, pero a su polluelo le daba miedo ir al médico. Se puso a piar y cuando su madre lo quiso coger, empezó a corretear de aquí para allá, soltando plumitas amarillas por doquier.

La enfermera Popy, Doctoroso, doña Serafina la gallina y algunos animales más intentaron atrapar al pollito Kirikí, pero fue inútil.

ancho se acercó a su amigo y le ofreció su galletita crujiente. El pollito temblaba asustado. El osito le explicó que Doctoroso no le iba a hacer ningún daño.

—Solamente te mirará la garganta. Verás, es muy divertido porque tienes que cantar: ¡AAAH! Luego, tendrás que toser y decir «treinta y tres» varias veces mientras te ausculta con el estetoscopio.

Kirikí se calmó y entró, no muy convencido, en la consulta. Todo el mundo aplaudió encantado.

¡**P**RRRRR! ¡PUN! ¡PUN! ¡PUN!

Pantaleón el conejo llegó muy alterado: como le encantaban las coles, había comido demasiadas y eso le producía una gran flatulencia y se le escapaban todo tipo de punes, pedetes y pedorretas. Estaba muy avergonzado y quería que Doctoroso le recibiera enseguida.

—¿Otra vez usted? No tiene cita, tendrá que esperar al último —le riñó la enfermera Popy tapándose la nariz por el tufillo.

Cuando por fin el médico recibió a Pantaleón, en la sala de espera la enfermera ya había repartido a todos pinzas para la nariz.

¡PRRRRR! ¡PUN! ¡PRRRRR!

—El medicamento que me recetó la última vez ha convertido mis gases en auténticas bombas fétidas...

—*Como ya le he curado la congestión nasal, ahora le trataré su apestoso recital. Mi buen amigo: esos pedos que le salen explosivos como torpedos se deben al consumo excesivo de coles. No debe abusar de repollos ni frijoles. Este brebaje tres veces al día tomará y, así, su perfumada y ruidosa ventosidad desaparecerá.*

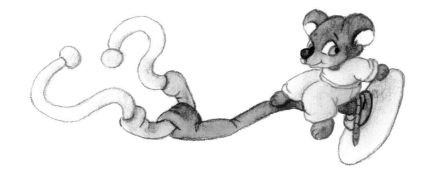

l terminar la consulta, Doctoroso tuvo que acudir con urgencia a casa del topo don Macario. Sufría de cataratas y no veía bien: ¡le había salido un chichón enorme al golpearse la cabeza contra la estantería!

—*Para que pueda seguir paseando con doña Castora, debo ingresarle y operarle sin demora. Le espero mañana en el hospital y estará como nuevo para el carnaval.*

Su ronda de visitas por el bosque llevó al médico hasta la residencia de mayores. El invierno se avecinaba muy frío y había que inmunizar a los viejitos contra la gripe.

—¡Buenas tardes, señora Lechuza! —saludó a la directora—. Recuerde: *los ancianos deben tomar siempre vitamina C después de su tacita de té.*

En la residencia, algunos mayores necesitaban los cuidados del médico.

A la encantadora señorita Bella, una caniche blanca que había sido una famosa actriz en su juventud, le fallaba la memoria. Creía ser la reina del bosque y esperaba de todos reverencias y pleitesía. Doctoroso le recetó a la desmemoriada perrita una infusión de rabos de pasa tres veces al día y una fiesta de disfraces para que pudiera actuar ante los ancianos de la residencia.

nselmo Gatuno, el jardinero del asilo, necesitaba un bastón para caminar: le dolía mucho la espalda de tanto agacharse para arrancar malas hierbas. Doctoroso le dio unas buenas friegas con su ungüento magistral «Curalotodo».

El viejo gato, ya mejorado, se marchó feliz a embadurnar con la pomada milagrosa a sus rosales que, por lo visto, habían cogido hongos. Si había funcionado con él, ¿por qué no con sus plantas?

ntes de volver a casa, aunque era ya muy tarde, Doctoroso tuvo que pasar por la mansión de los señores Loro, pues el capitán Cook sufría de afonía. El loro se había preparado un mejunje casero para hacer gárgaras, pero el problema es que desde que lo tomaba, no paraban de salirle pompas de jabón por la garganta.

—¡BLU! ¡BLUP! ¡Flepliz blumpleaños! —intentó decir el capitán Cook a su médico.

—*Estimado y querido capitán, no debe usted ser tan charlatán. En el barco, las palabras tendrá que ahorrar si la voz de mando desea conservar* —le advirtió el médico—. *Un remedio casero puede resultar peligroso, haga caso de los conocimientos de Doctoroso.*

e repente, se oyeron unos frenazos y un gran estruendo. Una furgoneta de reparto que iba a mucha velocidad había chocado contra el quiosco de golosinas. ¡Menos mal que estaba cerrado!

Doctoroso se apresuró a socorrer al herido. El conductor, un joven chimpancé, tenía una pequeña brecha en la frente.

—¡Tranquilo, eche la cabeza hacia atrás! Esto se lo curo en un pispás. Solo necesita unos cuantos puntos de sutura, ya que no tiene ninguna fractura.

l chimpancé, todavía conmocionado por el accidente, se fue gateando hacia el quiosco. La carretera, con todos los caramelos desperdigados, parecía aquejada de un dulce sarampión. ¡Y el chimpancé se puso a comer golosinas a puñados!

—*No es muy grave la herida de la frente, ¡pero una indigestión ahora no sería nada conveniente!*

«Bueno, debería ya volver a casa», pensó Doctoroso para sí mismo.

Delante de su domicilio, Pantaleón el conejo le esperaba impaciente.

—¿*Cómo usted por aquí, Pantaleón? ¿No le va bien la medicación?* —se sorprendió Doctoroso.

—Necesito de sus conocimientos; mi familia está enferma —le dijo el conejo.

Doctoroso se apresuró corriendo tras el conejo. Al llegar a la madriguera de Pantaleón, este abrió la puerta y dejó pasar al médico primero.

—¡¡¡SORPRESA!!!

¡Todos sus amigos y pacientes se habían reunido en casa de la familia de conejos para organizar una fiesta de cumpleaños a Doctoroso!

—Yo de mayor quiero ser médico, para tener tantos amigos y comer mucha tarta de cumpleaños —dijo el pollito Kirikí.